JN116158

しかが

小沼純一

しかが

め
ひらくと
まえ
め
のま
え
まえに
しょう
めん
から
み
みた
み
あった
から
み
あって
み
あって
み

つめ
あって
から
み
あう
みた
み
あう
か
みあう
しか
しか
し
ない
し
ない
あう
か
あうかも

あう
　　か
わかる
わ
からない
わからない
と
わかっている
わか
　　ち
あ
って
も

み
つめ
み
つ　めて

いた
いたい
いたく
　　　て

め
わからない
かわらない
わけ
られない
め
　　よけ
　　　　られない

しか

よ
める
よる
よめ　ない

く
らい
くら
やみ
なか
もの　み
もの　みる
み
られる
み
られている
もの
み
つめる
み
ている
み
つめられる
もの
も　の

もの
ものしい
ものし
か
わ
からない
わ
か
らない
か
わ
らない
まま
はいって
は
いって
くる
でて
はい

って
ぬけ
　　　て
はいり
つつ
はい　り
つづけて
と
まらない
と
まらず
とおり
すぎ
　　ず
ながくない
そんな
ながくない
はず
なが
　　く

などない
のに
いつ
までも
つづく
ずっと
ず
ずっと
ずって
いる
ずっと
ぬ
ぬっと
ぬ ぬ ぬ
と
しか
つづ いて
ついて
いる
つき

つづけて

い
いたい
い
いた
いた　い

ふと
いない
ふ
つと
いな
くなって
いる
くちをとじ
ふと
くち
あけ
あけ

ない
くち
とじ
とじた
まま
みる
み
ている
み
つめて
いる

こい
こい
しか
しか
なく
しか
なくて
しかなく

なく
しか
なく
し
かた　なく
こい
と
しか
しかた
なく
いえ
ない
いえ　なくて
しが　なくて

め
じか

しか

め
じか

め
ちか
つけて
め
ちかく
め
ちから
つよく
しか
め
しかめ
て

しか
つ
て
しか

かって
かって

　　　に
かつて
しかい
し
かい
せば
まって
いき
ながく
いき
し
いき
して
い
しき
して
ながく
な

が
いきて
な
だけ
いきて
いく
なが
いき
して
いき
して
いき
すぎ
ないで
き
すぎ
ないで
なみ
き
すぎ　ず

な
ない
なみ
ない
な
ない
み
ない
な
なく
な
なくし
て
な
ないて
な
をないて
ちょっと
ないで

いく
いく
うく
ういて
いく
いか
ない
いか
ないで
な
なげず
なげかず
なげかけず
に
にかより
にかよって
にく
しか
にく

にく
　　く
くる
しか
くる
しか
しか
こない
した
した
した
した　した　した
の
みみ

こい
こい
しか
こい
　　しか

こない
こない　で
こい
っ
て
き
かない
き
かない
きかないから
か
な
の
ないから
どうし
どうしが

どうし
て
どうし
ても
どうし
でも
ほしい
めいし
じゃ
ふくし
じゃ
なく
う
ごく
どう　し
う
ごく
もの
どう
した

したって
お
したい
した
して
って
うごく
もの
どうし
たい
どうし
ても
いつ
いつも
いつ
も
しか
いつ
いつ
しか

いつ
いつか
しか
たより　ない
たより
なく
ない
たよ
れない
た
より　ない
た
より
な
の
な
ない
たよ
れない
た

おれ
ない
うら　み
うら
ない
かなえ　て
うら
やまし

だめ
と
いい
いや
と
いい
い
いい
いい
い

や
や
やめ
やめ
て
やめ
ない
やめ
ない
で
やむ
なく
やみ
まなく
やま
なみ
なく
たん
たん
たん　たん

と
やま
なみだ
なみだって
なで
なで
なでて
な
な
なし
な
なして
なしで
なじって
なじむ
どれ
どれい
どれ
み
いじ

いじる
いじ　める
いじ
いじ
になり
じり
じりじり
いじりまわして
いじ
になり
じめじめ
し
め
し　める
し　めて
し　めってきて
ち
にじんで
ちょっ
と

にじみ
け
しめ
しめつ
しめ
あげて
け
じめ
なく
し
て
け
いし
め
め
ぬぐ
すすい
すい
で
す

すって
すう
すう
つと
すい
　　て
いつ
いつも
はじ
はじ
まる
だけ
はじ
まるまって
はじ
まら
ない
はじ
おりかえし

はじ
まる
しか
なく
し
へ
しか
はね
しか
よせて
くる
よせ
って
よせ
よせい
つむの
よう
たまごの
ように
でなく

ぬる
ぬって
ぬるり
って
つるつる
つる
つと
どう
どう
って
きず
つける
きず
つく
きず
ついてる
き
づく
きつく
き

つくづく
き
づかない
き
つかない
き
つかぬ
き
つね
き
つねる
き
まま
き
つく
き
　つつき
つくまで
きず
つくまで

ずっと
ずう
つと
に
ぶく
とき
ばかり
なん
ひゃくねんも
あ　やまる
あや
まる
あやまる
あや
める
あやまって
あ
やまって
す　まない
すまない

って
やり
すごせずに
こう
かい
こう
かい
する
きず
きづかないまま
うみ
うんで
つみ
あやまり
こな
みじん
こな
びじん
どうにか

どう
に
かなって
しまう
しまって
しまい
きう　きう
しまり
どう
しようもなく
どう
しても
しか
しか
ん
しかんする
はなさき
ぬれ　ぬれて
おし　おしこんで
おしに

しか
しか
なんだろう
おし
おしてて
きて
しか
しかしか
しか
　　はね
いた
いたい
いたい
　　　　って

し
しか
しか
　　　ない
しかし

ない
の
しか
し
し
かばね
し
か
ばね
し
かばねて
し
と
し
つと
しん
と
して
しか
する

しか
して
し
かいて
しか
しか
ないの
しか
ないのかも
はな
　　　さない
はな
　　　せない
はな
　　　させない
ひとり
しか
しか
しか、が
はじまって

しかが

二〇二三年五月十九日　第一刷発行

著　者　小沼　純一

発行者　知念　明子
発行所　七　月　堂
〒一五四—〇〇二一　東京都世田谷区豪徳寺一—二—七
電話　〇三—六八〇四—四七八八
FAX　〇三—六八〇四—四七八七
july@shichigatsudo.co.jp

印刷　タイヨー美術印刷
製本　あいずみ製本

ISBN 978-4-87944-524-7　C0092　Printed in Japan